CRASH!
ZAP!
OK!
BOING!
OOOH!
YEAH!
SHH!
POW!
BOO!
BANG!
POW!
NO!
BOOM!
AARGH!
OOPS!
HMM...
NO!
POW!
BOOM!
POOF!
HEY!
BOING!
COOL!

LES JUSTICIERS DE LA JUSTICE 2

Scénario

Sti

Dessins & Couleurs

Stivo

BAMBOO ÉDITION

À Ségolène, ma super-héroïne qui vaut Wonder Woman, Xena la guerrière et Black Widow à elle toute seule !

Sti

À une punk à fleurs qui n'a pas fini de m'inspirer...

Stivo

PREMIÈRE ÉDITION - Dépôt légal : mars 2025 - ISBN : 979-1-0411-0809-1
Illustation pages de garde : Tartila - stock.adobe.com

PEFC 10-31-1800 Imprimé et relié en France par PPO Graphic, 91120 Palaiseau

LUCAS, LÉO, LE MOMENT EST SOLENNEL.
J'Y AI PASSÉ DES SEMAINES DANS LE PLUS GRAND SECRET, MAIS JE PEUX DÉSORMAIS VOUS MONTRER...
... LE QUARTIER GÉNÉRAL DES JUSTICIERS DE LA JUSTICE !
C'EST TROP COOL, ON SE CROIRAIT DANS LA BATCAVE !
PLUTÔT LA BATCABANE, DANS UN ARBRE.
LES JUSTICIERS de la JUSTICE
LÀ, LE POSTE DE COMMANDE AVEC TOUS LES BIDULES ET LES BOUTONS DU JUSTICIER MODERNE.
LA RAMPE COMME LES POMPIERS, POUR PARTIR PLUS VITE EN MISSION.
ET ICI, LE MUR PIVOTANT QUI MÈNERA, À TERME, À LA FUTURE PIÈCE ENCORE PLUS SECRÈTE DE NOTRE QG SECRET.
CROUIIIC
C'EST GÉNIAL !
ET POUR L'INSTANT, Y A QUOI DERRIÈRE CE MUR ?
POUR L'INSTANT ?
BEN, RIEN !

ET VOILÀ LE NOUVEAU SPIDERMAN !
ÇA SERAIT BIEN QU'ON SOIT AUSSI COOL QUE LUI !
SAUF QUE NOUS, ON N'A PAS DE POUVOIRS.
CE SONT PAS SES SUPER-POUVOIRS QUI RENDENT SPIDERMAN AUSSI COOL.
SI LES GENS L'AIMENT, C'EST PARCE QU'IL SORT TOUJOURS DES TRUCS RIGOLOS QUAND IL SE BAGARRE...
TIENS, LÀ, PAR EXEMPLE, CONTRE LE DR OCTOPUS : "TU ES PEUT-ÊTRE TENTACULAIRE, MAIS TU ES LOIN D'ÊTRE SPECTACULAIRE !!!"
HA HA ! TROP FORT !
MON SAC !
IL A VOLÉ MON SAC !!!
VITE, LES JUSTICIERS ! POURSUIVONS-LE !!!
PFF PFF ! VAS-Y LUCAS ! CONTINUE, TU VAS LE RATTRAPER !
ET N'OUBLIE PAS D'ÊTRE DRÔLE !
C'EST... C'EST L'HISTOIRE DE TOTO...
QUI VA ACHETER DES SAUCISSES...
?
IL LA CONNAISSAIT...

CANDIDAT SUIVANT !!!
Les JUSTICIERS de la JUSTICE RECRUTENT ! (au fond de la cour de l'école)
VOILÀ, ON CHERCHE UN SUPPLÉANT AU CAS OÙ L'UN D'ENTRE NOUS SERAIT, PAR EXEMPLE, À L'HÔPITAL AVEC DE MULTIPLES FRACTURES...
PFIOU ! QUELLE CARRURE ! MAIS T'ES... BATMAN ?!
RIEN À VOIR... JE M'APPELLE PIPISTRELLE-BOY !
HA HA ! PIPI !!!
TU AS MÊME UNE BAT-CEINTURE !
FAUT PAS Y TOUCHER !
AH BEN OUI, ELLE EST BOURRÉE D'ARMES PLUS DANGEREUSES LES UNES QUE LES AUTRES...
HEIN ? NON, NON.
MOI, JE SAIS ! ELLE RENFERME UN SYSTÈME DE LOCALISATION ET DE COMMUNICATION AVEC UNE INTELLIGENCE ARTIFICIELLE.
PAS DU TOUT !
MAIS NE LA TOUCHEZ PAS, S'IL VOUS PLAÎT !
CLIC!
OUPS...

NOTRE QG EST GÉNIAL, MAIS IL NE NOUS PERMET PAS D'INTERVENIR VITE.
LES GENS ONT 100 FOIS LE TEMPS DE SE FAIRE AGRESSER AVANT QU'ON ARRIVE.
MAIS J'AI MIS AU POINT UNE ROUTINE QUI FERA DE NOUS LES PREMIERS SUR LE LIEU DU CRIME.
TU DESCENDS PAR LA RAMPE, ET TU ARRIVES SUR CE TRAMPOLINE.
TU RÉALISES UN DOUBLE SALTO ET ATTRAPES LA CORDE.
ZBOING
TU LÂCHES AU BON MOMENT, ET BOUM ! TU ATTERRIS SUR LE JUSTICE BOARD !
GLISSADE SUR LE TOBOGGAN, ET ZOU ! TE VOILÀ PROPULSÉ DANS LE FEU DE L'ACTION À VITESSE GRAND V !
TU AS RETENU LA SÉQUENCE ?
OUI ! C'EST SIMPLE COMME...
BONJOUR !

ATTENDEZ, ON VA QUAND MÊME PAS SAUVER LES CHATS COINCÉS DANS LES ARBRES !
MIIIAW MIIIAAAW
ON DÉBUTE COMME SUPER-HÉROS, ÇA NOUS PERMETTRA DE NOUS FAIRE LA MAIN...
ALLEZ, JE GRIMPE !
IL A UN COLLIER, ON VA POUVOIR RETROUVER SON PROPRIÉTAIRE.
MINOU, MINOU, MINOOOUUU !
CONTINUE DE T'APPROCHER, ÇA FAIT PLIER LA BRANCHE.
ON VA POUVOIR LE CHOPER D'ICI !
J'Y SUIS PRESQUE !
GROUILLEZ-VOOOUUUS...
BLAF
MIIIIIIAW
WOUSH
MADAME MICHELLE, VOUS ALLEZ ÊTRE CONTENTE, LES JUSTICIERS DE LA JUSTICE ONT RETROUVÉ VOTRE CHAT !
ET SOYEZ RASSURÉE, IL N'EST PAS PRÈS DE REGRIMPER DANS UN ARBRE...

REGARDEZ CE QUE J'AI COMMANDÉ POUR NOS MISSIONS !
omazon
C'EST QUOI ?
DES PISTOLETS À NEUTRONS ?
ILS SONT CLASSES !
OUAAAIIIS !
BLLLP
BLOP
ATTENDS, CE SONT PAS DU TOUT DES PISTOLETS À NEUTRONS, CES BIDULES !
BEN OUAIS, LOUNA ! MA MÈRE A MIS UN CODE PARENTAL, J'AI PAS PU COMMANDER SUR LE DARKWEB !
omazon
EN TOUT CAS, JEAN-PROUT A L'AIR D'APPRÉCIER !
IL EST EN TRAIN DE BOULOTTER TOUTE LA RECHARGE DE SAVON LIQUIDE...
GLOU
GLOU
GLOU
FRANCHEMENT, LÉO, TU CONNAIS UNE SEULE PERSONNE QUI AURAIT PEUR DE SE PRENDRE UNE BULLE DE SAVON ?
SAUF CELLES QUI SORTENT DES FESSES D'UN PUTOIS !
GNNNN
PLOUP
POP
PLOUP PLOUP

DIS, LOUNA, TU NOUS AVAIS PAS DIT QUE NOTRE QUARTIER GÉNÉRAL ÉTAIT CONSTRUIT SUR UN HÊTRE ?
EUH... OUAIS, J'AI PEUT-ÊTRE DIT ÇA...
Y A LÉO QUI ME DIT QUE C'EST PAS UN HÊTRE.
HEIN ?
MAIS ON S'EN FICHE QUE CE SOIT SUR UN HÊTRE, UN CHÊNE OU ENCORE UN PEUPLIER, NON ?
SI ! ÇA A SON IMPORTANCE !

CANDIDATE SUIVANTE !!!
Les JUSTICIERS de la JUSTICE RECRUTENT ! (au fond de la cour de l'école)
LAISSE-MOI DEVINER... CAT-GIRL ?
MIAOU MIAOU.
TU SAIS GRIMPER AUX MURS ET AUX ARBRES HYPER VITE ?
NON.
TU AS DES GRIFFES POUR ATTAQUER TES ENNEMIS ?
NON.
TU AS UNE SUPER VUE LA NUIT ?
NON.
ÉCOUTE, ON NE VA PAS T'ENGAGER, TU NE FAIS RIEN COMME LES CHATS !
LE SEUL TRUC QUE T'AS EN COMMUN AVEC EUX, C'EST CETTE ODEUR DE POISSON QU'A TON COSTUME !
C'EST PARCE QUE C'EST UNE VIEILLE COMBINAISON DE PLONGÉE DE MON PÈRE...
AU SUIVANT !
RAYAN LASER...
JE LIS SUR TA FICHE D'INSCRIPTION QUE TES YEUX LANCENT DES LASERS.
WAOUH !
OUI, ENFIN, PAS MES YEUX, MAIS MES LUNETTES...
JE VOUS FAIS UNE PETITE DÉMONSTRATION.
RAYAN LASER EN ACTION !
CLIC
CLIC
MAIS... ÇA FAIT JUSTE DES POINTS ROUGES LÀ OÙ TU REGARDES !
C'EST NAZE !
C'EST BON, JE SUIS PRISE ?

QUE JE M'ASSOIE ?
MAIS ON N'EST PAS CENSÉS S'ENTRAÎNER ?
VOUS SAVEZ QUE BATMAN, PAR EXEMPLE, A DES ENGINS ULTRA-PERFECTIONNÉS POUR FONCER DIRECTEMENT AU CŒUR DE L'ACTION.
C'EST QUOI LE RAPPORT ?
JE VOUS PRÉSENTE NOTRE BAT-LANÇOIRE !
HÉ ! IL SE PASSE QUOI ?!
J'AI REMPLACÉ LES CORDES PAR DES ÉLASTIQUES !
WAAAAH
ET AINSI, NOUS AUSSI, DEPUIS NOTRE QG, ON PEUT PARTIR À TOUTE VITESSE RENDRE LA JUSTICE !
OOOOOOH
COMME ÇA !
YAAAAAH
ALORS, T'EN PENSES QUOI ?
JE PENSE QU'IL FAUDRAIT DÉCALER LA BAT-LANÇOIRE DE DEUX MÈTRES SUR LE CÔTÉ...

AH, C'EST BON, ON Y EST !
ON FAIT QUOI MAINTENANT ?
BEN, ON ATTEND QUE ÇA FASSE EFFET.
POM POPOM POM
T'ES SÛRE QU'ON EST AU BON ENDROIT ?
MAIS OUI, REGARDE !
0 À 6 ANS !
0-6 ANS
ET COMBIEN DE TEMPS ON DOIT RESTER ICI POUR QUE ÇA MARCHE ?
JE ME SENS PAS PLUS BALAISE QU'AVANT.
ATTENDEZ, JE VÉRIFIE...
HAAA, AU TEMPS POUR MOI !
POUR DEVENIR L'INCROYABLE HULK, LE DR BANNER N'A PAS ÉTÉ EXPOSÉ AUX RAYONS "GAMINS", MAIS AUX RAYONS "GAMMA" !
ZUT !
HULK
BON, TOUT N'EST PAS PERDU.
TANT QU'ON EST LÀ, MOI, J'AI TOUJOURS VOULU AVOIR LA MÊME VISION QUE SUPERMAN, PAS VOUS ?
AH BEN SI, CARRÉMENT.
RAYON CONSERVES
PARDON M'SIEUR, VOUS POUVEZ NOUS INDIQUER OÙ SE TROUVE LE RAYON LASER ?

PFF ! ON N'AURA JAMAIS DE SUPER-POUVOIRS DANS NOTRE MONDE ACTUEL !
À LA VITESSE OÙ ÇA VA, LA SCIENCE ET LA TECHNOLOGIE N'AURONT PAS ASSEZ AVANCÉ AVANT CENT ANS !
ATTENDS, MAIS DANS CENT ANS, ON AURA AU MOINS MILLE ANS !
PAS FORCÉMENT, IL SUFFIT DE SE FAIRE CRYOGÉNISER, ET HOP ! ON SE RÉVEILLE DANS CENT ANS, EN ÉTANT TOUJOURS JEUNES.
ET COMMENT ON FAIT ÇA ?
FACILE, ON SE MET DANS UN CONGÉLATEUR, ET HOP !
UN CONGÉLATEUR ?! T'ES MALADE, ON VA PAS FAIRE ÇA !!! C'EST HYPER DANGEREUX !
MMM... JE SUPPOSE QUE ÇA MARCHE AUSSI DANS UN FRIGO...
QUAND ON ROUVRIRA LA PORTE DANS UNE HEURE, TU N'AURAS PAS VIEILLI.
ALLEZ, ÇA FAIT UNE HEURE, ON OUVRE !
ALORS LUCAS, ÇA FAIT QUOI D'ÊTRE TOUJOURS AUSSI JEUNE ?
J'LE CROIS PAS ! T'AS BOUFFÉ TOUTES MES CRÈMES AU CHOCOLAT !
J'AI REGARDÉ LES DATES LIMITES DE CONSOMMATION, ET DANS CENT ANS, ELLES SERONT PLUS BONNES !
JE VOULAIS PAS GÂCHER.
MERCI QUI ?

PRÊT ?
PRÊT !
YAAAAAAH
ESSAIE ENCORE !
PFIOU, C'EST PAS FACILE, HEIN !
DOCTOR STRANGE
GNNNN
IL A UN PROBLÈME, LUCAS ?
ON ESSAIE DE DÉCHAÎNER SA COLÈRE POUR QU'IL SE TRANSFORME EN HULK.
GROAAAR
HULK
AH OUAIS, QUAND IL DÉCHIRE TOUS SES VÊTEMENTS !
AH BON ? MINCE, ON N'A PAS PRÉVU ÇA !
RAAAH ROOOOOH GRAOOOU !
HULK
GNAAAARGL !
CRRRAC !
LÀ OÙ C'EST ENCORE PLUS RIGOLO, C'EST QUE C'EST LE SEUL ENDROIT OÙ LES HABITS DE HULK NE CRAQUENT JAMAIS...

NON, LUCAS, BOIRE D'UNE TRAITE UNE CANETTE DE COCA N'EST PAS UN TRUC SURHUMAIN.
DONC ÇA NE FAIT PAS DE TOI UN SUPER-HÉROS MUTANT COMME LES X-MEN.
ET POURQUOI PAS ?
PARCE QUE LES MUTANTS, ILS ONT DES CARACTÉRISTIQUES PHYSIQUES DIFFÉRENTES DU RESTE DES GENS...
AH BEN SI C'EST QUE ÇA, JE SAIS AUSSI FAIRE BOUGER MES OREILLES.
SI ÇA, C'EST PAS UN TRUC DE MUTANT !
NON PLUS...
ET LOUCHER COMME ÇA ?
C'EST PAS DONNÉ À TOUT LE MONDE...
BAH SI !
MOI, J'AI MÊME PAS À FORCER, IL ME SUFFIT D'ENLEVER MES LUNETTES !
VLAM
BOM
CRAC !!
WAOUH !
ÇA LUI FAIT BEAUCOUP PLUS D'ARTICULATIONS QUE LA NORMALE, NON ?
PFF... IL A TROP DE BOL !
ENCORE UNE FOIS, C'EST LUI LE MUTANT !

PRRRRT
LÉO, QU'EST-CE QUE TU FAIS ?
PROOOUT
J'AI INSTALLÉ UNE APPLI QUI FAIT DES PETS SUR MON TÉLÉPHONE, ÇA S'ENTEND PAS ?
PRAAAOUT
POUR ESSAYER DE COMMUNIQUER AVEC JEAN-PROUT !
ET ENFIN SAVOIR SI C'EST UN PUTOIS OU UNE MOUFETTE...
SAUF QUE LÀ, ON EST EN PLEINE SURVEILLANCE DU PARC, ET QUE TON BOUCAN VA NOUS FAIRE REPÉRER !
DE TOUTE FAÇON, J'AI PLUS DE BATTERIE, IL S'EST ÉTEINT.
PRÂOOOUT
KRRR...
TU LUI AS FILÉ UNE BATTERIE DE SECOURS ?
NON.

JUSTICE VERTE, JUSTICE VERTE, TU ME REÇOIS ?
ROGER ! CINQ SUR CINQ !
FLÛTE
ET VOILÀ, PATROUILLE TERMINÉE !
RIEN À SIGNALER...
VOUS VOYEZ QUE C'ÉTAIT PAS SI GRAVE D'AVOIR CASSÉ MES LUNETTES CE MATIN !
EUH... ON EST DE CE CÔTÉ !

UNE TYROLIENNE !
MAIS POURQUOI ON N'Y A PAS PENSÉ PLUS TÔT ?
OUI, AVEC ÇA, ON VA POUVOIR, DEPUIS NOTRE QG, DÉBOULER DIRECTEMENT AU CŒUR DE L'ACTION !
EN PLUS, ELLE EST ÉCOLO, ENTIÈREMENT EN MATÉRIAUX RECYCLÉS !
J'AI PRIS UN VIEUX GUIDON DE VÉLO POUR FAIRE OFFICE DE POIGNÉE.
ET TU AS RÉUTILISÉ TON FICHU ÉLASTIQUE EN GUISE DE CÂBLE, HEIN ?
EUH... OUI...

JE ME SUIS TOUJOURS DIT QU'EN DEVENANT DES SUPER-HÉROS, ILS OBTIENNENT DE SUPER-RÉFLEXES.
MAIS SI C'ÉTAIT LE CONTRAIRE, ET QU'ILS ÉTAIENT DEVENUS DES SUPER-HÉROS GRÂCE À LEURS SUPER-RÉFLEXES ?
ÇA SE TIENT.
NOUS ALLONS DONC VOIR OÙ ON EN EST AVEC UNE SÉRIE DE TESTS...
LÉO, ATTRAPE CETTE MOUCHE AVEC CES BAGUETTES.
BON, ESSAIE PLUTÔT AVEC CE FILET À PAPILLONS...
RAH ! CETTE SALETÉ EST RAPIDE !
HMMM... TEST SUIVANT...
J'EN AI QUAND MÊME EU UNE...
NON, C'ÉTAIT MA MAIN !
MEGA RACING 3000
DERNIER TEST : TU DOIS RATTRAPER LA BALLE AVANT QU'ELLE TOMBE PAR TERRE.
OK, TU ME DIS QUAND ÇA COMMENCE.
ALORS, J'AI LES RÉFLEXES DE QUI ?
HAWKEYE ?
FLASH ?
BLACK WIDOW ?
YAHOOO !!! UNE TORTUE NINJA !!!
TORTUE NIIIIINJA !!!
KOWABUNGA !
LE CRI DES NINJAAAAAAS !!!
J'AI PAS DIT NINJA !

ALLEZ, LÉO, OUVRE TON CADEAU.
JOYEUX NOËL, MON GRAND !
C'EST QUOI ?
C'EST UNE SURPRISE, MAIS ÇA VA TE PLAIRE !
DES GRENADES PARALYSANTES !
OUI, ET AVEC LA CORDE, TU PEUX LES PORTER EN COLLIER.
OH, C'EST PAS TOUT !
DES LUNETTES DE VISION NOCTURNE !
DU COUP, REGARDE AU FOND DU PAQUET !
C'EST CE QUE JE PENSE ?!
UN RAYON LASER DÉSINTÉGRATEUR !!!
PIOU
SHPUF
OH, LÉO, TU RÊVES ?
TU L'OUVRES CE PAQUET CADEAU, OUI OU NON ?
UN... UN CANARD TÉLÉGUIDÉ ?!
QUI FAIT 17 SONS DIFFÉRENTS !
COUAC COUAC
COUIN
DZZZIII
ALORS, QUI A LES MEILLEURS PARENTS AU MONDE ?
LE FILS DE BATMAN ?
KWAK

CANDIDAT SUIVAAANT !
Les JUSTICIERS de la JUSTICE RECRUTENT !
(au fond de la cour de l'école)
TU PEUX TE PRÉSENTER, S'IL TE PLAÎT ?
JE SUIS...
L'HOMMÉRISSON !
MON COSTUME BARDÉ DE PICS EFFRAIE LES MÉCHANTS.
ET QUAND JE ME METS EN BOULE, JE SUIS INDESTRUCTIBLE !
WAAAAH ! T'ES GÉNIAL !
OUAIS, TROP FORT !
AÏE !
MAIS HÉLAS, NOUS NE POUVONS PAS T'EMBAUCHER DANS L'ÉQUIPE.
QUOI ?
POURQUOI ?
OUI, POURQUOI ?
BAM
AH, NUL.
OUAIS, TROP NUL.

PRÊTS POUR L'ENTRAÎNEMENT, LES GARÇONS ?!
OUI, LOUNA !
IMAGINEZ QU'ON SE RETROUVE INFILTRÉS DANS UNE BASE ULTRA-SECRÈTE DE SUPER-VILAINS...
OUI, C'EST TOUT À FAIT ENVISAGEABLE.
ON PEUT AVOIR À TRAVERSER DES COULOIRS PROTÉGÉS PAR DES RAYONS DE LA MORT.
C'EST ÉVIDENT !
Y A TOUJOURS DES RAYONS DE LA MORT DANS LES BASES ULTRA-SECRÈTES...
TADAAA !
WAAAH !
MAIS OÙ T'AS TROUVÉ DES RAYONS DE LA MORT ?!
EUH... NE VOUS EMBALLEZ PAS, C'EST QUE DE LA LAINE...
C'EST POUR S'EXERCER.
DOING !
LÉO, TU AS 45 SECONDES POUR TRAVERSER LA ZONE SANS ÊTRE TOUCHÉ.
FACILE !
VOUS ALLEZ ÊTRE SCOTCHÉS !
"NE JAMAIS INFILTRER DE BASE ENNEMIE ULTRA-SECRÈTE."

VOUS SAVIEZ QUE BRUCE WAYNE S'ÉTAIT RETROUVÉ DANS UNE GROTTE BOURRÉE DE CHAUVE-SOURIS QUAND IL ÉTAIT ENFANT ?
C'EST LÀ QU'IL A COMMENCÉ À DEVENIR BATMAN.
AH OUI ?
C'EST COOOOOL !
NOUS AUSSI ON EST DES ENFANTS...
QUEL SENS DE L'OBSERVATION !
... ET VOICI UNE GROTTE !
ET ÇA, C'EST UN PANNEAU DANGER, INTERDIT AU PUBLIC !
DANGER
INTERDIT AU PUBLIC
ON N'A JAMAIS ÉTÉ AUSSI PROCHES DE DEVENIR DES SUPER-HÉROS !
LA TÊTE DE MORT SUR LE PANNEAU DIT PLUTÔT QUE ÇA VA PAS ÊTRE SUPER !
ARRÊTE DE FLIPPER ET TIENS LA CORDE !
ÇA Y EST, JE VOIS LE FOND !
HAAA !!! REMONTEZ-MOI !
GROUILLEEEEEZ !
QU'EST-CE QUI SE PASSE ?
FAUT RESTER PLUS LONGTEMPS POUR QUE ÇA MARCHE !
REMONTEZ-MOI J'VOUS DIS !
HORS DE QUESTION QUE JE DEVIENNE LOMBRIC-MAN !
C'EST POURRI COMME SUPER-HÉROS !

UN BON SUPER-HÉROS SE DOIT DE RESTER PRÊT PHYSIQUEMENT.
SURTOUT MAINTENANT QU'UNE BANDE DE SUPER-VILAINS RÔDE DANS LES PARAGES.
JE NOUS AI DONC CONCOCTÉ UNE PETITE SALLE D'ENTRAÎNEMENT...
D'ACCORD, C'EST PARTI !
JE SUIS PAS SÛR DE L'EFFICACITÉ...
BING
BLONG
SAUF SI ON SE BAGARRE AVEC TEFLON-MAN.
PARCE QU'IL FAUT VENTILER, LES GARÇONS.
ON VENTILE !
PFF
PFF
J'HYPERVENTILE, MÊME !
PAS VOUS !
WOUSH
WOUSH
BONK
WOUSH
WOUSH
VLAM
LA PIÈCE !
CLIC

i am tout naze !
CE GARS TOUT NUL, C'EST STEVE ROGERS.
ON LUI A INJECTÉ UN SUPER SÉRUM, ET BIM ! IL EST DEVENU CAPTAIN AMERICA, SUPER-HÉROS MÉGA-BALAISE !
GREAT !
LÉO, TU VEUX DEVENIR BARAQUÉ ?
BEN OUAIS, CARRÉMENT !
IL SE TROUVE QUE J'AI CONCOCTÉ NOTRE PROPRE SÉRUM : DU JUS D'ÉPINARD, DU RED BOULE, DE LA VITAMINE C, PLEIN DE SUCRE ET DES PROTÉINES...
C'EST DU COSTAUD !
Y A PLUS QU'À TE L'INJECTER !
GREAT !
BOM !
AH, ÇA Y EST, TU TE RÉVEILLES !
T'INQUIÈTE, ON NE VA PAS TE FAIRE DE PIQÛRE...
BOM
LAISSE TOMBER, IL N'EST PAS CHAUD NON PLUS POUR LE SUPPOSITOIRE AU SÉRUM...

OH NON, LOUNA ! TU AS RESSORTI CET ENGIN DE MORT !
SUPERM
ARRÊTEZ DE DÉNIGRER LA SUPERMOBILE.
JE L'AI VACHEMENT AMÉLIORÉE.
SUPERMOBILE
DÉJÀ, J'AI MIS DES CEINTURES DE SÉCURITÉ.
ÇA, L'ASSURANCE DE MES PARENTS APPRÉCIERA.
MAIS SURTOUT, MAINTENANT, CE MAGNIFIQUE VÉHICULE A UN MOTEUR !
UN MOTEUR ? GÉNIAL !
IL FONCTIONNE À QUOI ?
DIESEL ?
ÉLECTRIQUE ?
PLUTONIUM ?
À LA LARVE !
?!
?
C'EST PLUS UNE VOITURE, C'EST UNE CALÈCHE, TON BIDULE !
ATTENTION, JE VAIS METTRE LE CONTACT.
SUPERMOBILE
HOP !
OK, C'EST BIEN UN MOTEUR.
OUI, ET JE COMPRENDS POURQUOI SUR LES VOITURES, ILS METTENT LE POT D'ÉCHAPPEMENT À L'ARRIÈRE...
SUPERMOBILE
PROUT
PROUT
PROUT
PROUT

ON NE VA PAS SE CONTENTER DES MÉCHANTS HUMAINS, ALORS QU'ON PEUT AUSSI COMBATTRE LES MÉCHANTS NON HUMAINS...
C'EST-À-DIRE LES FANTÔMES...
AAAH, C'EST POUR ÇA LES TENUES COMME DANS GHOSTBUSTERS !
MAIS ÇA EXISTE PAS LES FANTÔMES.
BIEN SÛR QUE SI ! BOUGEZ PAS, IL ME MANQUE MES LUNETTES DE PROTECTION ECTOPLASMIQUES.
T'AS DIT ÇA PARCE QUE T'ES JALOUX QUE CE SOIT MOI QUI TIENNE LE PACK À PROTONS !
CLIC
VOOOUUUU
PFF... C'EST JUSTE UN ASPIRATEUR TON BIDULE...
HÉ ! FAIS GAFFE !
VOOOUUU
WOOOOUUU
SHOMP !
HOULA !
AIDE-MOI !
JE FAIS CE QUE JE PEUX !
WOOOUU
WOOUUU
SCRAAATCH
QUOI ?!
T'EN AS DÉJÀ ATTRAPÉ UN !
ET LUCAS QUI OSE PRÉTENDRE QUE LES FANTÔMES EXISTENT PAS !
BAM
BAM
WOOUU

TIENS, TIENS, TIENS, MES PETITS FANS DE SUPER-HÉROS !!!
COMMENT ÇA VA ?
BEN, ÇA IRAIT MIEUX SI Y AVAIT PAS TOUT LE TEMPS DES LÉGUMES À LA CANTINE !
OUAIS C'EST DÉGUEU.
ATTENDEZ, LES SUPER-HÉROS ADORENT LES LÉGUMES.
JE DIRAIS MÊME QUE C'EST ÇA QUI LES REND SI FORT.
PFFRPLLL...
JE SUIS SÉRIEUX ! REGARDEZ SUPER MARIO. IL PASSE SON TEMPS À MANGER DES CHAMPIGNONS.
C'EST PAS PARCE QU'IL Y A SUPER DANS SON NOM QUE ÇA FAIT DE LUI UN SUPER-HÉROS !
POPEYE, IL EST SUPER BALAISE GRÂCE À QUOI ? AUX ÉPINARDS !
ET SANGOKU, POUR SE GUÉRIR, HOP ! DES HARICOTS MAGIQUES !
OUAIS, BEN LES TORTUES NINJA, ELLES MANGENT QUE DES PIZZAS.
NOUS, ON VEUT DE LA PIZZA !
AAAH, MAIS J'AI DE LA PIZZA !
OUAAAiiiS
À L'ANANAS.
IL EST FORT.
TRÈS FORT.
C'EST FORCÉMENT UN SUPER-VILAIN...

CANDIDAT SUIVAAANT !
Les JUSTICIERS de la JUSTICE RECRUTENT ! (au fond de la cour de l'école)
VOUS ÊTES PLUSIEURS ?
VOUS ÊTES... NOUS ?!
ON EST DANS LE MULTIVERS !
NON, RIEN À VOIR.
NOUS, ON EST LES VENGEURS...
... DE LA VENGEANCE !
VENGEEEEEURS DE LA VENGEAAAAANCE !!!
NON MAIS LÀ, VOUS ÊTES DE GROS COPIEURS !
HORS DE QUESTION DE FAIRE ÉQUIPE AVEC VOUS !
DES COPIEURS ?! NON MAIS C'EST DINGUE DE DIRE ÇA !
GROS DÉBILES !
SUPER-ZÉROS !
LOSERS !
JALOUX !
COPIEURS !
BON, ÇA Y EST ?
ON NE FAIT PAS ATTENDRE LES PUNISSEURS DE LA PUNITION...

QUESTION : QUEL EST LE MUSCLE QU'IL FAUT LE PLUS TRAVAILLER POUR ÊTRE UN SUPER-HÉROS ?
EUH... LE TRICEPS ?
LE QUADRICEPS ?
LE QUINTUCEPS ?
LE CERVEAU !
LES MEILLEURS, CE SONT AUSSI LES PLUS INTELLIGENTS !
BRUCE BANNER, ALIAS HULK : 160 DE QI !
BATMAN : 190 !
HULK
BATMAN
IRON MAN, LUI C'EST 270 DE QI. L'HOMME ÉLASTIQUE DES 4 FANTASTIQUES A CARRÉMENT 300 !
D'ACCORD, D'ACCORD, MAIS COMMENT ON SE MUSCLE ÇA ?
EN SE METTANT DES POIDS SUR LA TÊTE.
SLURP
J'AI ÉTABLI POUR CHACUN DE NOUS UN PROGRAMME DE DÉVELOPPEMENT ADAPTÉ...
QUOI ? DES EXERCICES DE MATH ?!
PITIÉ...
TU VEUX RESTER UN SUPER-HÉROS BIDON TOUTE TA VIE ?
TE PLAINS PAS.
MOI, J'AI UN RUBIK'S CUBE...
NON, NON, ATTENDS, C'EST PAS ÇA DU TOUT.
AH OUF ! JE ME DISAIS AUSSI...
LE RUBIK'S CUBE, C'EST LE PROGRAMME DE JEAN-PROUT...
... LE TIEN EST LÀ.
CHOMP CHOMP

NOTRE ÉQUIPE DE JUSTICIERS A UNE SACRÉE CLASSE AVEC NOS COSTUMES.
C'EST CLAIR !
SAUF QU'ON N'AVAIT PAS TOUS UN UNIFORME, ET C'ÉTAIT DOMMAGE...
TU PARLES DE...
JEAN-PROUT ?
TADAAA !
JE VOUS PRÉSENTE JUSTICE JAUNE !
MAINTENANT, ON EST UNE VRAIE ÉQUIPE !
CLAAASSE !
ALLEZ, ON S'ENTRAÎNE !
YAAAH !
YAH !
YAAH !
YAAAH !
YAH !
JEAN-PROUT ! ATTAAAQUE !!!
PRÔÔÔAT
BON, FAUDRA PRÉVOIR UN TROU DANS LE COSTUME POUR L'ÉVACUATION.
BOING BOING

QUOI ? C'EST TOUT ?
HÉ, JE SUIS LIBRAIRE, PAS VENDEUR DE TÉLÉPHONES !
DILING DILING
PFF... J'AI CHOISI LA PIRE BOUTIQUE DU QUARTIER !
SHPOF
OH ! VOUS AVEZ UN COSPLAY DES JUSTICIERS DE LA JUSTICE !
QUOI ?
TROP COOL, ON FAIT UN SELFIE !
ZUT, VOUS SOURIEZ PAS, ON LA REFAIT !
ALLEZ, ON DIT "JUSTIIIIIIIICE" !
NON, ON DIT "POLIIIIIIIICE" !
AH ! AVEC VOUS NON PLUS IL NE SOURIT PAS SUR LES PHOTOS !
ÇA ME RASSURE...
5'0"
4'6"
4'0"
3'6"
3'0"
O. SULPICE
161215

COMICS - BD
KOLLECTOR !
C'EST TOI QUI AS FAIT IMPRIMER DES CARTES À COLLECTIONNER QUI NOUS RIDICULISENT ?!
LES JUSTICIERS DE LA JUSTICE
VS CANARD-MAN
OUAIS, J'EN AI FILÉ À TOUS LES GAMINS DU QUARTIER !
HÉHÉ...
ÇA VOUS APPRENDRA À ÊTRE DES NAZES QUI FONT PASSER LES SUPER-HÉROS POUR DES BOUFFONS !
TIENS, REGARDE CE QUE J'EN FAIS DE TES SALES CARTES !
SCRITCH
SCRITCH
SCRITCH
C'EST... C'EST DEVENU DES CARTES DÉDICACÉES LÀ, NON ?
AH BON ?
JE VOUS LES RACHÈTE 100 FOIS LE PRIX !
JE SUIS LE SEUL À EN AVOIR !
J'AI... J'AI GAGNÉ !
MAIS CE QUI M'ÉNERVE, C'EST QUE J'AI L'IMPRESSION QU'EUX AUSSI ILS CROIENT AVOIR GAGNÉ...

WOUSH
WOUSH
C'EST VRAIMENT COOL TOUS CES GADGETS DE BATMAN !
TROP COOL !
BATMAN
ÇA TOMBE BIEN, MOI AUSSI J'AI DES GADGETS !
QUOI ?
REGARDEZ MA MONTRE !
EUH, LÉO, ELLE EST EN PANNE, LES AIGUILLES NE BOUGENT PAS...
C'EST PARCE QUE C'EST UNE FAUSSE MONTRE !
WAAAH
CLIC !
EN FAIT, C'EST UNE LOUPE !
ÇA ME PERMET DE TROUVER DES INDICES POUR DÉMASQUER LES SUPER-VILAINS, PAR EXEMPLE.
C'EST SUPER !
ÇA SERAIT VRAIMENT SUPER SI TU NE PORTAIS PAS DÉJÀ UNE LOUPE...
AHAH !
SAUF QU'IL S'AGIT D'UNE FAUSSE LOUPE.
ELLE GROSSIT PAS, MAIS ELLE DONNE L'HEURE.
13:02

ON DOIT ÊTRE CAPABLES DE COMMUNIQUER ENTRE NOUS, DANS TOUTES LES SITUATIONS !
ET C'EST POUR ÇA QU'ON VA APPRENDRE...
LES SIGNAUX DE FUMÉE ?
LES EMOJIS ?
LE MORSE !
COMME JE DORS CHEZ LUCAS, ON ESSAIE CE SOIR.
OK ! LÉO ME FAIT SIGNE !
ALORS... COURT, LONG, LONG, LONG.
J
COURT.
E
COURT, LONG.
A
"JEAN-PROUT EST EN TRAIN DE MÂCHOUILLER LE..."
LE QUOI ?
COURT, COURT, COURT, COURT, COURT, COURT, COURT, COURT, COURT, COURT, COURT, COURT, COURT, COURT...
?
DZI DZI
DZI DZI
DZI
DZI

KOLLECTOR !
TU CONTINUES À DISTRIBUER DES CARTES À COLLECTIONNER QUI NOUS RIDICULISENT ?!
REGARDE LA TÊTE QU'IL A FAITE À JEAN-PROUT ! TROP MOCHE !
EUH... EN FAIT, C'EST TOI DESSUS...
DÉSOLÉ LES JUSTICIERS, VOUS NE POUVEZ RIEN CONTRE MOI !
AHAH
AH OUAIS ? T'ES TOUT SEUL ET ON EST 4 !
JE VAIS LE DÉFONCER !!!
ÇA, C'EST CE QUE VOUS CROYEZ...
MAIS MOI AUSSI, J'AI MONTÉ UNE ÉQUIPE !
VOICI LE PINGOUIN, LE JOKER ET L'HOMME MYSTÈRE !
MAIS ATTENDS, ILS EXISTENT DÉJÀ, C'EST DES MÉCHANTS DANS BATMAN !
ET VOUS ALLEZ FAIRE QUOI ?
APPELER BRUCE WAYNE ?
HA HA HA !
AHEUM !
MAÎTRE AUGIER, BONJOUR. CECI EST UNE MISE EN DEMEURE POUR PLAGIAT DE PERSONNAGES SOUS LICENCE.
ÇA VA VOUS COÛTER TRÈS CHER.
ON PEUT VOUS APPELER MÉGAVOCAT ?
NON.
VOUS VOULEZ PAS PORTER UN MASQUE ?
NON.
JE T'AVAIS DIT DE T'APPELER "LE MANCHOT" !

HÉ, LE BOUTONNEUX, FILE-MOI TON FRIC ET TON TÉLÉPHONE !
AU SECOURS !!!
AAAAAH !
VOILÀ ! VOILÀ !
À L'AAAIIIDE !
ON ARRIVE !
VIIIIITE !!!
UNE MINUTE !
HÉ, TOI ! C'EST PAS BIEN DE TAPER LES GENS !
LÂCHE-LE TOUT DE SUITE !
VOUS EN AVEZ MIS DU TEMPS !
BEN, C'EST PARCE QU'ON DOIT GARDER TOUTE NOTRE ÉNERGIE POUR LE MOMENT DE NOTRE INTERVENTION...
PLUS PRÉCISÉMENT, LE MOMENT JUSTE APRÈS NOTRE INTERVENTION !

CLiLiNG
BLONK
Y A UN RÔDEUR DANS LA MAiSON !
HEUREUSEMENT, J'Ai TOUJOURS MON COSTUME À PROXiMiTÉ.
CET iDiOT NE SAiT PAS QU'iL EST ENTRÉ DANS L'ANTRE DE LA JUSTiCE !
ZWiP
ZWiP
AVANCE ENCORE UN PEU, TU VAS LE SENTiR PASSER...
WAAAÏÏÏE
LÉO !
POURQUOi TU LAiSSES TOUJOURS TRAÎNER TES AFFAiRES ?!
L'ARME ABSOLUE ?
CE TRUC ?
MiEUX QUE DES ÉTOiLES DE NiNJAS OU DES BATARANGS ?
DEMANDE AU PiED DE MON PÈRE Si TU ME CROiS PAS !

JUSTINE ROUGE !
UN CHOCOLAT VIENNOIS POUR JUSTINE ROUGE !
Justine Rouge
STARBOUCS
GRAND 4,42 €
TRÈS GRAND 6,91 €
SUPER GRAND 8,75 €
C'EST JUSTICE ROUGE !
STARBOUCS
VOUS NE CONNAISSEZ PAS LES JUSTICIERS DE LA JUSTICE ?
EUH... NON, C'EST QUI ?
STARBOUCS
BEN C'EST NOUS.
JUSTICE ROUGE, JUSTICE BLEUE ET JUSTICE VERTE !
AH OK ! JE CROYAIS QUE VOUS PORTIEZ LES DÉGUISEMENTS DES PYJAMASQUES !
SPROTCH
STARBOUCS
ON A VRAIMENT UN DÉFICIT DE NOTORIÉTÉ...
SI NOTRE ENNEMI JURÉ KOLLECTOR AVAIT VU ÇA, IL SE SERAIT BIEN MOQUÉ DE NOUS...
PAUL-HECTOR !
UN CAPPUCINO POUR PAUL-HECTOR !
STARBOUCS

MUSÉE
ALLEZ, LES ENFANTS, ON ENTRE DANS LE CALME.
RAH ! LA PLAIE, CETTE SORTIE SCOLAIRE !
ALORS QU'ON POURRAIT PENDANT CE TEMPS INTERVENIR QUELQUE PART POUR LA JUSTICE !
C'EST QUI LÀ-DESSUS ?
J'SAIS PAS MOI, UN ROI MORT...
MICHEL XII PEUT-ÊTRE ?
NOUS ALLONS À PRÉSENT PASSER À LA SALLE DES ARMURES.
ARMURES ?!!!
COMME IRON MAN ?!
AH NON, PAS COMME IRON MAN...
ÇA RESTE QUAND MÊME UNE ARMURE.
UNE ARMURE !!!
MAIS PUISQUE JE VOUS DIS QUE JE N'AI PAS DE MÉTAL SUR MOI !
HÉ, LES JUSTICIERS DE LA JUSTICE !
VOUS N'INTERVENEZ PAS ?
BLONG
NON, PAS LÀ, NON.
CLING
CLING
BLING CLONG
CLONG

ELLE EST VRAIMENT CLASSE CETTE ARMURE...
... MAIS ELLE FAIT PLUS CHEVALIER QUE SUPER-HÉROS.
À LA PERCEVAL.
C'EST PAS FAUX.
VOILÀ, C'EST MIEUX COMME ÇA !
HÉHÉ, ÇA A DE LA GUEULE !
JE VEUX L'ESSAYER EN PREMIER !
ON VA TESTER SA RÉSISTANCE...
T'ES PRÊT, LÉO ?
APPELEZ-MOI SUPER-CEVAL !
À TOI DE JOUER, LUCAS.
YAAAH !
BLONK
AAAH ! TU LUI AS ARRACHÉ LA TÊTE !!!
C'EST PAS MA FAUTE, JE SENS PAS MA SUPER-FORCE !
VOUS PRENEZ PAS LA TÊTE, LA MIENNE VA BIEN !
L'ARMURE EST VACHEMENT TROP GRANDE POUR MOI !

QUE LA FORCE SOIT AVEC TOI, LOUNA !
PFFFRRR
TU M'AS FAIT PEUR !
QU'EST-CE QUE TU FAIS AVEC CE CASQUE ?
TELLE EST LA VOIE.
LA VOIX DE QUI ?
MAIS NON, C'EST CE QUE DIT TOUJOURS LE MANDALORIEN DANS STAR WARS !
IL EST SUPER BALAISE ET FAIT RÉGNER LA JUSTICE DANS LA GALAXIE !
C'EST UN MODÈLE POUR MOI !
Y A PLUS QU'À ME TROUVER UN SABRE LASER ET DES PISTOFLINGUES DU FUTUR...
PIOU !
PIOU !
PIOU !
D'ACCORD, BEN, ENLÈVE-LE MAINTENANT, ON VA PARTIR EN PATROUILLE.
SLURP
PIOU !
PIOU !
PIOU !
AH BEN NON, LES MANDALORIENS DOIVENT TOUT LE TEMPS GARDER LEUR CASQUE.
C'EST LA LOI MANDALORIENNE.
T'AS JOUÉ AVEC LE CASQUE ET TA TÊTE EST COINCÉE DEDANS ?
OUAIS...
TU AURAIS UNE PAILLE POUR QUE JE BOIVE MON SODA ?

LÉO, TU CONNAIS LA SALLE DES DANGERS DES X-MEN ?
SALLE QUI LEUR PERMET DE S'ENTRAÎNER VIRTUELLEMENT CONTRE DES ENNEMIS DIVERS ET VARIÉS.
BEN OUAIS, JE SAIS.
ET BIEN, J'AI CRÉÉ UN CASQUE DE RÉALITÉ VIRTUELLE QUI NOUS PERMETTRA, LA MÊME CHOSE.
ET TU VAS L'INAUGURER.
À PARTIR DU CASQUE DE CHEVALIER DU MUSÉE ?!
JAMAIS JE REMETTRAI CE TRUC !
JE L'AI REMPLI DE MOUSSE !
TES CHEVEUX NE SE COINCERONT PLUS DEDANS...
EN PLUS, JE VOIS PAS COMMENT ÇA POURRAIT MARCHER, IL EST MÊME PAS RELIÉ À UN ORDINATEUR.
NORMAL, IL A UNE ANTENNE WIFI !
ÇA SERAIT PAS PLUTÔT UNE FOURCHETTE ?
C'EST UNE ANTENNE.
D'ACCOOORD, JE LE METS.
JE LANCE LE PROGRAMME D'ENTRAÎNEMENT NUMÉRO 1 !
IL FAIT TOUT NOIR ET IL SE PASSE RIEN, C'EST NORMAL ?
BOUGE PAS, ÇA COMMENCE !

KOLLECTOR, T'ES VRAIMENT UN SUPER-HÉROS MOISI, PIRE QUE CANARD MAN !
UNE PETITE SECONDE, MONSIEUR. JE SUIS À VOUS DANS UN INSTANT.
ET VOUS, VOUS ÊTES JUSTE LES BOUFFONS DE LA BOUFFONNERIE !
ALLONS, LES AMIS, CETTE QUERELLE N'A QUE TROP DURÉ !
REGARDEZ CE VIEUX MONSIEUR FAN DE COMICS. N'EST-CE PAS GÉNIAL POUR LUI DE SAVOIR QU'IL Y A PLEIN DE SUPER-HÉROS EN VILLE, COMME DANS SES LECTURES ?
ÉVIDEMMENT...
ET NE SERAIT-IL PAS ENCORE PLUS HEUREUX SI CES HÉROS SE RÉUNISSAIENT DANS UNE MÊME ÉQUIPE ?
COMME LES AVENGERS !
OUI, C'EST SÛR...
J'IMAGINE QUE POUR CE MONSIEUR ET NOS FANS, ON POURRAIT FAIRE UN EFFORT...
ON EST D'ACCORD !
ALLEZ, TOPEZ-LÀ !
AH LÀ LÀ, QUI OSERA DIRE QUE LES LIBRAIRES NE SONT PAS AUSSI PSYCHOLOGUES ?
EH OUI, MONSIEUR, NOUS, LES COMMERÇANTS, ON FAIT SOUVENT PLUSIEURS MÉTIERS PAR LA FORCE DES CHOSES.
IL ME FAUDRAIT 4 TRANCHES DE JAMBON ET UN RÔTI DE BOEUF, S'IL VOUS PLAÎT.
AH... LE BOUCHER, C'EST LE GARS SUR LE TROTTOIR D'EN FACE...
PAR CONTRE, JE PENSE PAS QU'IL FASSE OPTICIEN.

WAH ! IL EST MÉGA CLASSE TON GYROPODE, KOLLECTOR !
SI TU VEUX, UTILISE-LE POUR FAIRE TA RONDE DANS LE PARC.
OH, SÉRIEUX ?
POUR ACCÉLÉRER, C'EST FACILE, TU APPUIES SUR LE BOUTON ET TU TE PENCHES EN AVANT.
YOUHOOOO
PELOUSE INTERDITE
HÉ TOI !...
PELOUSE INTERDITE
... TU SAIS...
... PAS LIRE...
PELOUSE INTERDITE
... OU QUOI...
... MA PAROLE ?
PELOUSE INTERDITE
C'EST LÀ QUE JE ME RENDS COMPTE QUE JE LUI AI PAS APPRIS COMMENT FREINER...

ALLÔ LES JUSTICIERS, VOUS ME RECEVEZ ?
5 SUR 5, KOLLECTOR !
ON A VRAIMENT BIEN FAIT DE S'ASSOCIER, C'EST FOU TOUT LE MATÉRIEL QU'IL A !
BON, BEN, RIEN À SIGNALER POUR LE MOMENT, TOUT EST CALME...
ATTENDEZ !!!
UN POINT ROUGE SUR LE RADAR À INCIVILITÉS !!!
C'EST RUE MAURY ! FONCEZ !!!
YAAAAH
JUSTICIERS DE LA JUSTIIICE !!!
BEUH !
KOLLECTOR, Y A PERSONNE ! PAS UN MÉCHANT À L'HORIZON...
ILS SONT CACHÉS ?
C'EST UN GUET-APENS ?
NON, PAS UN GUET-APENS...
UNE TACHE DE KETCHUP...

Vous aimerez aussi…

Les Profs • 27 tomes
Scénario : Erroc & Sti
Dessins : Léturgie

Boulard • 10 tomes
Scénario : Erroc
Dessins : Stédo & Turconi

Le Monde de Charline • 2 tomes
Scénario : Raoul Paoli
Dessins : Raoul Paoli
TOME 2 MAI 25

Les Chats en BD • 2 tomes
Scénario : Cazenove & Flora
Dessins : Escapa

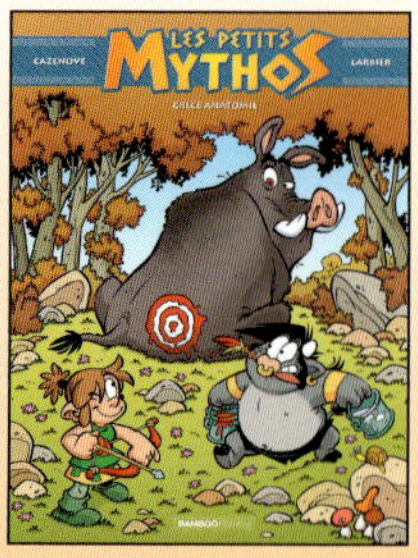

Les Petits mythos • 15 tomes
Scénario : Cazenove
Dessins : Larbier

BAMBOO ÉDITION

À découvrir au rayon BD

Les Rugbymen • 23 tomes
Scénario : BeKa
Dessins : Poupard

Les Footmaniacs • 23 tomes
Scénario : Sti
Dessins : Saive
TOME 23 MAI 25

Les Gendarmes • 17 tomes
Scénario : Sulpice & Cazenove
Dessins : Jenfèvre

Les Pompiers • 23 tomes
Scénario : Cazenove
Dessins : Stédo

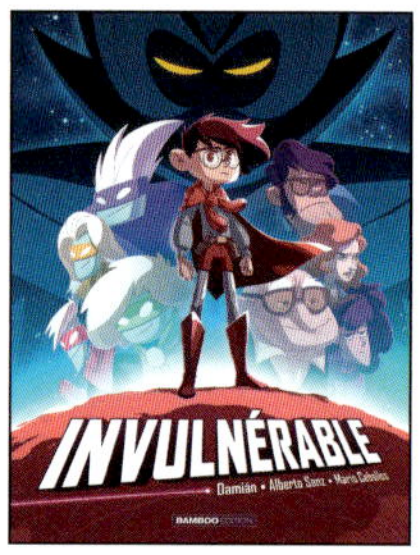

Invulnérable • 1 tome
Scénario : Damián
Dessins : Alberto Sanz

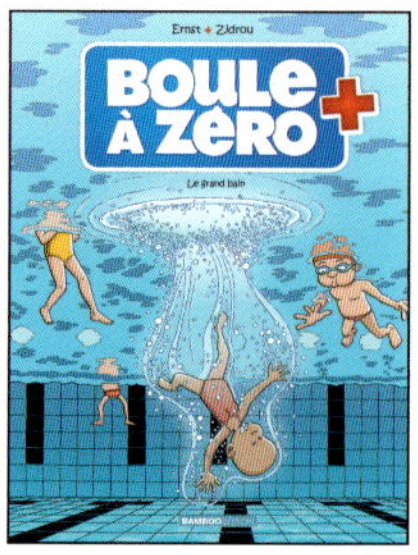

Boule à zéro • 11 tomes
Scénario : Zidrou
Dessins : Ernst

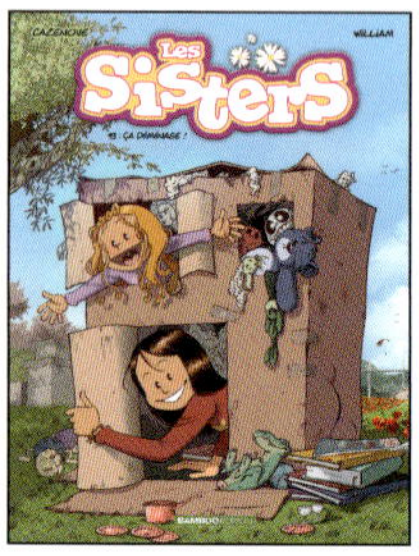

Les Sisters • 19 tomes
Scénario : Cazenove & William
Dessins : William

Cath et son chat • 10 tomes
Scénario : Cazenove & Richez
Dessins : Ramon

Mes Cop's • 16 tomes
Scénario : Cazenove
Dessins : Fenech
TOME 16 JUIN 25

Studio Danse • 13 tomes
Scénario : BeKa
Dessins : Crip

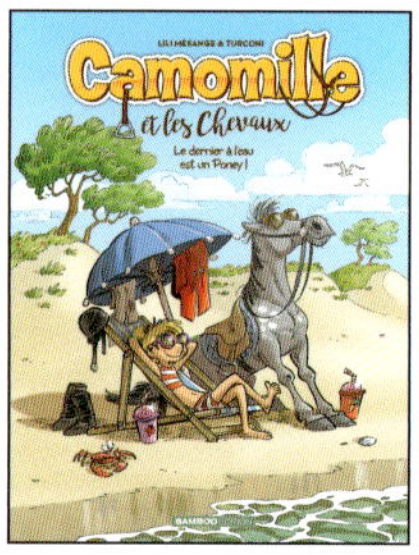

Camomille • 13 tomes
Scénario : Lili Mésange
Dessins : Turconi
TOME 13 MAI 25

Triple Galop • 18 tomes
Scénario : Du Peloux
Dessins : Du Peloux

Mon Papy Titanic • 3 tomes
Scénario : Falzar
Dessins : Marco Paulo

Dino Park • 2 tomes
Scénario : Plumeri
Dessins : Bloz

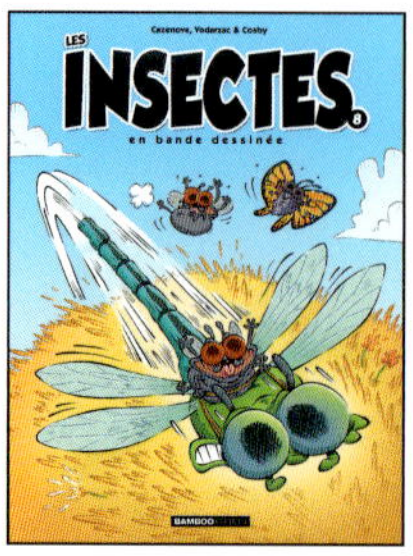

Les Insectes en BD • 8 tomes
Scénario : Cazenove & Vodarzac
Dessins : Cosby
TOME 8 AVR. 25

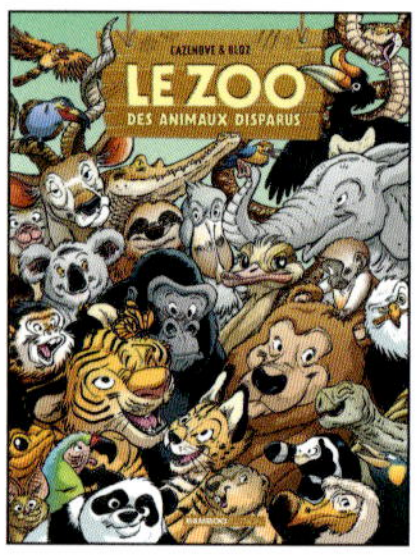

Zoo des animaux disparus • 6 tomes
Scénario : Cazenove
Dessins : Bloz
TOME 6 JUIN 25

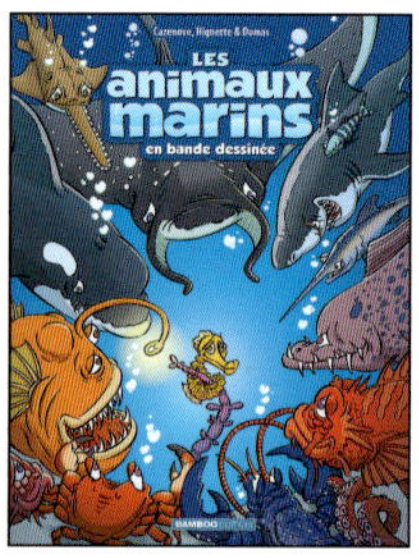

Les Animaux marins • 7 tomes
Scénario : Cazenove & Hignette
Dessins : Domas

(Dé)rangée • 3 tomes
Scénario : Manon
Dessins : Greg Blondin
TOME 3 JUIN 25

ZAP!
CRASH!
OK!
BOING!
YEAH!
BOO!
POW!
BANG!
AARGH!
POOF!
YES!
HEY!
POW!
BANG!
OUCH!